CU00767649

La démangeaison

Lorette Nobécourt

La démangeaison

Éditions J'ai lu

A Grégoire,

Le serpent mourrait s'il ne changeait de peau.

Friedrich NIETZSCHE

Et voilà, je suis née paralysée. A demi.
Pour moitié. C'est la médecine qui a omis
de me retourner comme il faut. Paralysée
pour moitié. On ne s'étonnera pas alors
qu'*ils* aient voulu me supprimer ; à ma
naissance je savais tout, j'allais tout voir,
tout dire. C'est simple : *ils* me tuaient ou
je parlerais. Lutte à mort. *Ils* m'ont poussée
vers les fenêtres, les fleuves, les
chaussées ; *ils* m'ont collé des maladies
saugrenues comme autant d'excréments
de folie à vivre sur ma peau. La mort ou
la démence !

Depuis le premier jour, depuis la première
heure, j'ai souhaité renverser régu-

lièrement le monde pour rectifier l'ordre
de mes artères. Je me suis trouvée dans la
pensée qu'il faut tordre ; tordre la pensée
vers le Nord pour calmer un peu de ce
tintamarre *bruyantal* de mes vaisseaux à
sec, en haut, vers le cerveau. Tout le sang
est resté dans mes nerfs. J'ai dansé dessus, dessous.

Je suis l'enfant qui voit, qui sait, l'enfant témoin née la nuit dans le drame de
la difformité terrorisante, du sang qui ne
circulait pas, de la jambe raide, du cerveau fatigué, du bras cassé. Je suis née
dans la panique parentale. Cher payée.

Mais la première heure a cessé du
moment où j'ai commencé de la dire. Et
toute l'horreur noueuse qui s'ensuit.
Cette heure-là est close ; car j'ai résisté à
tous les sortilèges. On ne m'achèvera pas
les yeux gros du passé, la carcasse transie
collée au radiateur. Ah, leurs paupières
inquiètes abîmées dans leurs peurs, tout
le gâchis en plaques dans leur mémoire.

Je suis désormais de toutes les histoires. Je suis dieu puisqu'il m'est égal

qu'il y ait un dieu. Je suis tout le monde parce que je ne suis personne. Puisque je ne joue plus aucun rôle; puisque j'ai cessé d'avoir une idée quelconque de ce que je devais être, étant ainsi enfin devenue, ni l'ange ni la bête, juste gracieusement penchée sur l'abîme, cet équilibre vertigineux, jubilant chaque jour, avec rage, d'appréhender l'infaillible de la joie.

La peur, hélas, ne prendra jamais fin, si bien que les rois ont encore autant de guerres à investir que de peuples à tyranniser. Oui, mais maintenant la joie m'occupe. Voilà, voilà, c'est l'heure!

La première heure, avec les cheveux rouges. Rouges du sang du trou. Roux les cheveux devenus. Ah ! La petite pisseuse ! Au trou on ira tous. Du trou nous voilà tous venus. Je viens de bien plus loin. Je suis de nulle part, des entrailles d'antan. Qui pourrait dire sans rire son origine ? *Hay la fortuna del destin !* Tous, ils se sont crus excessivement malheureux, ou nageant dans un bonheur démesuré et irréversible.

Je suis contre le malheur et la croyance au bonheur également. Mes infirmités sont ailleurs. On les connaît…

Après ma naissance, il me fallut moins de six mois pour voir surgir un psoriasis monumental, preuve de mon infamie et de ma différence, la gale en un mot, de celle qu'on traite à l'arsenic par petites injections régulières ; ma maladie de peau, symptôme visible aux yeux de tous et plus tard aux miens. Au fil des ans, l'affection s'est transformée sporadiquement en leucoplasie qui m'a envahi la bouche, me plaçant ainsi à l'écart, comme les fous.

Je me suis grattée absolument, et je peux affirmer ici que celui qui n'a pas connu la démangeaison ininterrompue sait bien peu de l'enfer. Ah, l'affreuse chose qui m'a rendue si longtemps, avant la possible parole, étrangère au monde, cette chose qui m'a gardée vierge tant d'années.

Ça commençait dès le matin après une nuit massacrante : en éveil je m'étais tournée et retournée maintes fois avant d'esquisser les prémices d'un sommeil plus calme, bien que charcuté par mes ongles. La pluie me réveillait parfois, ou l'odeur du sang. Quelle douleur exactement me tirait du repos? Dans quel état me trouvais-je là? Le pied gauche ou droit fourmillant de piqûres, et presque à hurler, me grattait, me brûlait. Il se pouvait que cela fût, dans ce pied, des quantités d'insectes indéfinissables, qui gigotaient dans ma chair, à l'intérieur, et semblaient se hisser vers les cuisses quand, au même instant, un picotement frénétique me saisissait au bras gauche, ou à l'avant-bras droit, tandis qu'un ganglion grotesque, surgi de quelque malaise, m'empêchait de déglutir sereinement. Alors un goût étrange, sorte de saveur de la mort s'il en est une, ou de l'angoisse, un goût de chiures d'araignées écrasées m'emplissait la bouche sans vouloir s'en défaire. Je m'étourdissais de mes dartres volantes, littéralement envahie de ce prurit immonde. Et je me levais bien souvent, rinçant sous l'eau glacée ma peau recouverte de ces hiéroglyphes haineux, lacérée en tous sens, ou pommadais la surface rugueuse avant que, épuisée par cette lutte dont l'issue m'était inévitablement fatale, je ne m'abandonnasse à l'horrible esclavage de quelque somnifère brutal. Et cette certitude effroyable, oui effroyable, d'avoir déjà aussi profondément, mais dans un autrefois indicible, vécu cette lutte à mort.

La chose me grattait, me grattait insolemment, toujours aux mêmes endroits, ceux de la première heure, et le cerveau, et les bras, et le visage, ah! le coude, la saignée, les tendons et juste derrière les genoux : là où la paralysie avait sévi. Paralysie d'un jour, d'une seule nuit, mais qui m'avait laissée éreintée avant d'avoir vécu. Mon psoriasis, j'en avais plein la bouche, à l'intérieur des lèvres et au creux de mon sexe, oui, rien ne m'aura été épargné, rien. Et bientôt il ne restait plus rien de mes badigoinces, excepté d'affreuses petites crevasses qui m'empêchaient de sourire simplement. Ah, satanée perlèche! Avec les dents je mordais mes lippes cherchant vainement à calmer cette démangeaison bouleversante ; bouleversante parce qu'impossible à maîtriser, bouleversante parce que présence étrangère qui se jouait de moi selon son bon vouloir, dans un va-et-vient décidé par elle.

Et la famille ; eux qui me tordaient de l'intérieur. Ah, cette vomissure, ce vivier de miasmes qui s'accrochaient les uns aux autres, se haïssaient, se dévoraient, la famille, vermines, miasmes d'arrière-pensées atroces qui ravageaient ma gueule d'enfant, qui agitaient mes nerfs pour me laisser exténuée, vaincue au bord du jour.

Alors je regardais affolée mon ventre qui se couvrait de plaques blanches... (Et le pus répandu après la grande scène de la gratte.) Mon psoriasis qui refusait de voir, de penser, de parler, de regarder la haine et le désir de meurtre, toute la saleté des êtres tapie derrière les faces souriantes, bien arrangées pour la messe du dimanche. La haine à fleur de peau, dénoncée par mon corps, j'étais retenue par des fils d'araignées déments. Et toute l'hypocrisie satisfaite qui ne voyait dans cette maladie saugrenue que quelques allergies étranges, disgracieuses. «Ah, c'est pas de chance...» C'est ma haine d'avant les mots, ma grande haine qui se disait là et aussi, oh oui, aussi combien j'aurais souhaité autre chose alors, combien j'aurais aimé ne rien savoir, ne rien avoir à dire, combien il m'aurait été doux de grandir simplement, autrement, combien j'aurais rêvé de pouvoir passer inaperçue, anonyme, neutre, combien malgré ce rôle collé à moi je les aimais et réclamais à mon tour qu'ils m'aimassent éperdument. Mais je me suis grattée si follement, et tant d'années, tout ce temps, j'ai eu le sentiment déplaisant de me racheter de quelque chose. Car ma mère ne déposait aucun baiser sur mes joues roses d'enfant, et mon père, à aucun moment, ne me serrait gentiment dans ses bras. Et ce manque à

20

gagner, cette chose à devenir folle, oui on peut devenir folle pour cela, je le sentais dans ma rage à me caresser moi-même, c'est-à-dire à me gratter jusqu'au sang. Car il me fallait dès lors payer ce crime inexpiable — je le cherchais, je l'inventais — dont la sentence était que d'amour je n'en recevais nullement. Fallait-il donc que je fusse coupable dès le début pour être privée à ce point de toutes les tendresses exquises de l'enfance, de ces caresses douces et joyeuses que les mères délivrent à leur progéniture ; de ces rires généreux, gratuits qui jaillissent d'ordinaire dans les foyers *normaux*. Car j'avais alors l'illusion qu'il existait de ces foyers *normaux* ; et lorsqu'une fois de plus, je constatais avec amertume que nos fêtes grossières n'étaient que la mascarade d'une vie dont ils étaient incapables, une comédie des jours heureux, alors je quittais la pièce odorante des mets les plus fins, et dans mon lit, pour me consoler de ce qui viendrait définitivement trop tard, je tachais mes draps des soubresauts de mon corps, qu'ils fussent érotiques ou plus simplement *lacrymonials*. Je m'endormais avec la fièvre, entre mes premières jouissances et l'ultime sanglot. Et *l'étendue lassante* de mon sommeil me préservait parfois jusqu'à l'aube nouvelle. Avant que, de nouveau, un prurit à l'odeur raffinée de moisi vînt me torturer la journée entière ; avant que mon lichen plan ne se transformât en vibices, en érythèmes suintants. Tout mon appareil nerveux commençait d'être perturbé ; j'écorchais mon épiderme. Que d'avulsions ai-je connues, je me suis desquamée à mort.

Mais j'ai voulu être tout, après. Tout de moi, rien d'eux. Mon ingratitude fut sans limites. Mais l'on sait aussi que ce sont les plus ingrats qui sont les plus aimants. Je ne demande plus pardon à personne. Il est trop tard pour se faire pardonner, trop tard pour demander pardon. Fallait-il encore que ma croyance se portât vers le péché ?

Alors je ne suis pas morte, aucun mot

d'excuse laissé sous la corde obscène, tremblante dans le vide de la cage de l'escalier, non rien. Car était-ce ma vie à moi que de me fouiller la peau des années entières, était-ce ma vie de devenir ce que je suis devenue ? Je n'ai rien choisi de tout cela, pendant des années je n'ai rien choisi, je n'ai fait que suivre ce rôle dramatiquement, celui-là même qu'ils écrivent à l'avance. Était-ce ma vie de dire ? Avais-je rêvé cela ? Je suis née sans psoriasis, sans haine. Oh oui, je suis née sans haine. Innocente, absolument. Je n'avais demandé à tenir aucun rôle dans cette affaire, surtout pas le premier, je n'ai eu aucune vocation christique, absolument aucune. Moi, je souhaitais chatouiller les garçons et jouer à côté de la rivière pendant l'été avec les galets, c'est tout. Oh oui, c'est bien tout. C'étaient les rires des garçons qui me plaisaient, leur brutalité et tout ce qu'on racontait là-dessus, *la chose*, ça me mettait en joie. C'étaient les petits amusements dans la grange d'à côté avec la fille du paysan, au milieu des chattes grises et rousses qui accouchaient de leur portée. On se glissait gentiment nos petits doigts l'une dans l'autre avec Albertine ; et aussi nos pouces dans le trou des chattes ; petite vengeance mesquine soit, de ce que l'on nommait en riant ma maladie *des griffes-du-chat* (et parfois *du diable* !).

Enfin, c'était une vie tranquille que je désirais. Je n'ai rien choisi pendant longtemps, rien du tout, maintenant je suis abominablement moi-même, le plus possible.

Mais tout a démarré promptement et tout s'achèvera dans la banalité des choses. Promptement chez le psychiatre ; la lutte s'amorce de bonne heure. Ils m'ont emmenée pour faire face à mes problèmes psychologiques. Dès le début, oui, à trois ans, à quatre ans, dès le début il me faut ne rien dire de tout ce qui se trame, de tout ce qui se cache derrière cette démarche pleine de bonté, d'affreuse bonté. Je fais semblant. A quatre ans. Ils m'ont appris à faire semblant au deuxième jour. Chez Madame Oraport, je dessine dans son sale bureau pendant qu'ils parlent sérieusement à côté. Ma mère était une bonne cochonne, elle n'a rien voulu en savoir. Dommage.

Je dessine des petites figurines qui diront tout de mes membranes atteintes dans le cerveau. «C'est la tête endommagée qu'il faut comprendre.» Ils sauront tout grâce à mes petites figurines, de mes membranes atteintes dans le cerveau. Laquelle des trois, hein? La pie-mère, en rapport direct avec la surface cérébrale? La dure-mère, extérieure, ou l'arachnoïde? Je penche pour la troisième, qui sait? Un sursis peut-être pour continuer, atteindre l'âge de la parole, pouvoir enfin *avouer*. Il me faut ne rien lâcher, résister violemment tous les jours à la machination remarquable. Mon QI dépasse les prévisions. C'est une faute, c'est une preuve, une confirmation de l'infirmité, de la différence, de la maladie qui grouille sous les cheveux. La dame ne verra rien dans mes dessins ridicules. Je la sens du mauvais côté des choses, de l'autre camp, inévitablement. J'invente des dessins autres, différents de ce que mon désir m'indique. Faire semblant. Je dessine...

Rien de particulier, rien à signaler, pas d'affolements, de mesures excessives, pas de condamnation définitive. Un sursis avant la peine capitale. Je gagne du temps. J'emporte avec moi, sous mon bras, le verdict de la police médicale :

La nature du psoriasis demeure inconnue jusqu'à aujourd'hui.

Je gagne un an, je gagne deux ans, un répit. Ah! je les ai bien eus avec mes petites figurines. Mais pour combien de temps?

mother/monster?

Difforme elle était, cette femme d'à peine trente ans, et qui en paraissait plus de quarante, d'une difformité inquiétante, celle qui, dès la naissance de ma petite sœur, vint aider ma mère à s'occuper des enfants. Ses jambes minuscules portaient un tronc ridiculement grand, tronc qui, malgré cette taille démesurée, avait la largeur d'un adolescent frêle, sur lequel s'ajustait une paire de seins énormes. Elle avait été choisie spécifiquement pour moi afin de soulager ma mère au sortir de l'accouchement. Je voyais dans la particularité de ce personnage engagé par mon père pour me laver, me coucher, me faire manger, le reflet de ma propre monstruosité. Ainsi toutes les deux, moi avec mon pityriasis, elle avec sa maladie terrible qui avait empêché sa croissance, nous formions un couple quelque peu inquiétant pour les jeunes mères croisées dans les squares de la ville où la dame m'emmenait faire promenade, l'air sec et chaud de l'appartement étant redoutable, selon les médecins, pour l'état de ma peau. Et si elle fut la preuve tangible de ma précoce différence, elle était aussi une alliée remarquable au début puisqu'enfin nous étions deux à être laides, deux contre tous les autres qui affichaient leur parfaite santé avec l'arrogance des lâches. Elle mourut, hélas, peu de temps après, sa maladie s'étant développée de façon inconnue. Alors je me retrouvai seule.

Autant sa présence m'était apparue comme un semblant de protection les premiers temps, autant sa disparition me donna un sentiment de frayeur redoutable, me sentant rejetée par tous, objet

28

de family ?

d'un complot délirant organisé par les miens et le reste de ma famille.

C'est donc sans surprise que, me trouvant à Arcachon un été, je glissai dans une piscine parfaitement anormale et manquai m'y noyer. Le bassin avait été construit sur un terrain chahuté de rochers si bien qu'on ne pouvait avoir pied qu'à certains endroits, là même où il avait été impossible de déménager les pierres. On m'installa sur l'une d'entre elles et, n'étant point prévenue de la chose, je m'avançai imprudemment à ma perte. Encore enfant, ne sachant point nager, je me débattis dans l'eau comme les chiots (oui, oui), et sentant venir la fin, je tentai une dernière fois de m'accrocher à ce qui me semblait solide à un mètre de moi. Ce n'était rien d'autre que ma petite sœur, qui elle, curieusement, savait nager mais point assez pour supporter le poids d'un corps agité dans sa peur de mourir, et qui crut naturellement que j'étais moi-

29

même en train de tenter de la noyer dans le bassin. On imagine la haine tenace qui s'enracina à cet instant en elle, et ce pour les quelque trente ans à venir. Haine non dite, comme toutes les autres, mais dont je sentis des années le poids aigu sur ma nuque. A elle, au moins je reconnaissais des raisons à son sentiment car pour la première fois, hélas bien malgré moi, je lui avais donné la conscience de la mort. Je fus ce jour-là sauvée des eaux. Comme l'autre. Et cela fut grâce à eux.

Pouvais-je m'étonner également que l'on me cravachât des heures durant, ou ce qui me semblait comme tel, lorsque refusant de dormir je venais inlassablement ouvrir la porte de la chambre de mes parents pour y chercher ma mère. Plus que ma peur d'être exterminée dans mon sommeil, c'est le désir de ses baisers qui me conduisait à répéter la scène jusque tard dans la nuit. Et elle, dans une sorte de paroxysme de l'exaspération, affolée par ses gestes et son désir de meurtre, elle empoignait la cravache reposant dans l'entrée et me frappait jusqu'à épuiser l'horreur qu'elle avait d'elle-même de me détester à ce point. Alors je dormais, le dos brûlant, et n'entendais pas même mon père, qui, à l'aube, prenait tranquillement l'instrument pour aller chatouiller les flancs de son cheval alezan qu'il ne manquait jamais de monter chaque matin.

Mais c'est surtout l'été suivant que ma crainte prit racine dans les faits. Comme chaque année nous partions deux mois à la campagne où mon père nous rejoignait tous les week-ends. C'est un dimanche, où, poussant ma petite sœur sur la balançoire dans le fond du jardin, car nous n'avions pas cessé de jouer ensemble, bien au contraire, ses sentiments sous-jacents animant vertement nos plaisirs, je reçus en pleine tête le coin de l'objet. Ouvert, mon crâne l'était. Le sang coulait follement me noyant les yeux, emplissant ma bouche d'un goût sucré. On m'emporta à

l'hôpital le plus proche mais c'était dimanche! Quel crime bien pensé! Agis-
sant ainsi, le jour même où les hôpitaux
travaillent en service réduit, ma sœur
donnait à sa tentative toutes les chances
d'aboutir.

Dans la voiture qui m'emmenait, je me
sentais tomber dans un coma profond
et pourtant je luttais rageusement, craignant que, la tête ouverte, on alla y ôter
mon cerveau. Car s'ils avaient jugé opportun de me conduire dès trois ans chez
le psychiatre, c'est donc qu'ils avaient
décidé de voir dans mes comportements
les symptômes évocateurs d'une maladie mentale. « C'est le cerveau qui est
atteint… » Je savais donc que le plus
simple pour eux eût été de supprimer
une partie ou la totalité de mon encé-
phale, me rendant de fait hors d'état de
nuire. Et plus que tout je craignais, avec
les trafics d'une opération douteuse, de
me réveiller comme eux, c'est-à-dire
sans la conscience de mon être. Car dans
ma difficulté à exister, j'allais bientôt

acquérir grâce à ma maladie, la certitude d'être toujours différente. Folle, lépreuse, suicidaire, ainsi fut mon rôle, oui, mais je restais donc l'*étrangère*.

Je refusai l'anesthésie qui me fut proposée et affrontai bravement, mais avec quelle douleur physique, on l'imagine, l'aiguille du chirurgien s'immisçant dans la peau de mon crâne afin de recoudre le trou. Ainsi, souffrant, mais consciente de ce qu'il advenait, je pus suivre point par point, n'est-ce pas le cas de le dire, les étapes de la machination, et vérifier que l'on ne m'avait ni ôté un morceau de mes méninges, ni rajouté un quelconque appareil de métal, sorte de machine terrible à devenir fou. Tout restait en l'état.

Tout restait en l'état, mais je vécus quotidiennement tordue de trouille. Parce que je savais bien comme ils m'auraient poussée, noyée, étranglée, étouffée, asphyxiée et enfin enterrée si je n'avais pas pris garde.

A neuf ans, le balcon de ma chambre dégoulinait sur la rue au coin de la grande avenue et du petit trottoir. En face, un vieillard soulevait ses rideaux, régulièrement. Il regardait le monde, tapi derrière la fenêtre. La sienne. Il me voyait le voir, attirée que j'étais par l'ivresse de la rue en mouvement. Je l'ai surpris un jour à passer lentement son index tendu sur son cou, comme les Arabes annoncent la mise à mort prochaine. J'étais prévenue. Des années j'ai attendu le vieux et ses mains de boucher. J'étais à l'affût de tout, partout. Allais-je le reconnaître ? Me prendrait-il par surprise, la nuit, le jour ? Dieu ! comme je me suis épuisée dans mes craintes. Je soupçonnais les miens, je plongeais dans leur répugnance. N'en pouvant plus d'attendre je tentai d'engager une trêve. Entre le gigot et les framboises, mon corps se trouva criant à terre sur le vaste tapis fleuri de la salle à manger. « Je ne veux pas mourir. » Je refusais de m'en aller si jeune, et cette pression constante, je ne pouvais l'endurer davantage. Le tapis me grattait le dos. Il piquait et je continuais d'hurler fort. Je savais pourtant qu'il fallait tenir. Je n'ai pas tenu ce jour-là. (Faiblesse.) Ils m'ont relevée et m'ont conduite dans ma chambre avec du dessert, preuve qu'ils ne m'en voulaient pas d'avoir découvert le pot aux roses, en quelque sorte. Et la bonne ahurie, enceinte jusqu'à la lie, fixait médusée la scène avec bêtise. Moi, je revivais la première heure, le cerveau, l'angoisse et tout.

Petit à petit, je suis devenue ma maladie, radicalement exposée aux autres, à fleur de peau. A tout moment je me suis trouvée en quarantaine. Car mes vêtements, ma nourriture, mes bains et mes crèmes furent multiples et autres. A moi, il fallait des climats différents, des rites particuliers, une façon de vivre unique, de celles qui inquiètent par leur cérémonial douteux. Entre le sang qui coulait de mon tissu extérieur, entre mes cris la nuit, mes sanglots étouffés, ma rage à ne pas me gratter, à ne pas céder à cet envahissement de ma personne, j'avais les bains odieux, aux plantes venues d'ailleurs dont l'odeur était aussi désagréable que persistante. J'avais le psoralène, les injections de calomel, l'huile soufrée et celle de chaulmoogra, l'acide chrysophanique après le décapage. J'avais les somnifères pour enfin m'endormir, mais la maladie revenait alors malgré moi et mes ongles griffaient ma peau dans mon inconscience. Pendant mes rêves, j'achevais de me défigurer. Sur le visage, les cicatrices douteuses de ma lutte s'affichaient comme autant de preuves de mon intimité au matin.

Car intime je l'étais oui, avec toute l'horreur de l'homicide familial, des membres entre eux, de la haine qui s'électrisait quotidiennement dans l'antre, à l'abri de tous. Je dénonçais sans cesse par cette écriture de peau, tout ce que j'avais à dire, tout ce que j'*allais* dire un jour, tout ce qu'il me serait donné de révéler. Le texte s'en imprimait sur mon épiderme, annonçait ma parole prochaine. Leur panique blanche de ces pensées dans mon cerveau, je la voyais lorsqu'ils regardaient mes maladies se développer, les symptômes se multiplier. Un texte-fleuve, telles furent mes allergies, immondes, repoussantes, terrifiantes que j'inscrivais avec mes ongles nerveusement, que je gravais définitivement dans ma couenne. Éplucher ma peau, c'était mettre à nu l'horreur banale, sempiternelle du petit groupe affreux que sont les siens. Je grattais pour atteindre le noyau de cela, pour enfin m'en débarrasser. En le crachant. Et toujours ils se souciaient de trouver des remèdes aux symptômes. Que de prophylaxie, hein ! Il fut question de m'éloigner de la ville afin de m'effacer dans les kilomètres de distance. La montagne apparaissait comme le lieu le plus propice à mon malaise. Ou, plus précisément, La Bourboule et Louèche, pour leur cure thermale. Mais je résistais, car je craignais l'accident opportun qui me ferait disparaître définitivement. Je tenais bon, refusant tout privilège qu'aurait pu m'accorder mon état, dédaignant l'extrême bonté avec laquelle ils se préoccupaient de ma personne. Petit à petit j'appris à aimer ma maladie, ses traces, comme autant de certitudes, de preuves d'être encore en vie.

Hélas, il m'a alors été donné de rencontrer un soir dans les escaliers quelque chose comme une sorte de folie qui m'a dit :
— Tu baises ?
Je n'ai pas dit oui. Mais j'ai cessé de me voir dans la psyché de la chambre de ma mère ; j'ai senti la raison en train de quitter définitivement mon esprit, et c'est une sensation étrange, par quelques sortilèges dont je ne doutais pas qu'ils fussent envoyés par eux.
Vers les cinq heures du matin, je me trouvais réveillée par des sifflements stridents, insupportables, de ceux qu'entendent les chiens, nul doute, qui me perçaient le tympan de façon tout à fait affreuse. Puis des images s'inscrivaient sur mon ciel, sorte de nuit de quinze

août bouillonnante d'étoiles, au milieu desquelles des cubes solides, de couleur noire et prune, s'avançaient vers moi, me fonçaient dessus, tombaient sur mon visage en plein cœur. L'effet de ces météorites directement dirigées vers ma personne provoquait chez moi des terreurs quasiment indescriptibles. Je n'en soufflais mot, sachant par là que l'on m'aurait rapidement traitée de folle, internée, et qu'il n'aurait plus été question de mes révélations. Je sentais bien comme ils attendaient l'évocation de ces monstres cubiques, massifs, s'élançant vers moi pour me désintégrer. Malgré ma peur, malgré mon effroi et mes désirs de fuite, je ne montrais rien de mon affolement. Les cubes revenaient plusieurs fois par jour, à intervalles irréguliers, m'obligeant à me ridiculiser aux yeux de tous, et en particulier aux yeux de mes petites camarades d'école et de mes professeurs puisque, dans une tentative que je savais vaine de leur échapper, je me glissais tout d'un coup sous mon pupitre afin de me protéger. Régulièrement je fus renvoyée pour indiscipline. N'était-ce pas là une injustice ? Une qui venait s'ajouter aux autres, à toutes les autres. Ainsi à Noël, il m'avait été offert une panthère en peluche qui piquait aveuglément, alors que j'avais assez de quoi me chatouiller avec mes maladies, tandis que ma petite sœur en obtenait une sans taches et délicieusement douce. Mais tout cela m'apparaîtrait bientôt dérisoire en comparaison de toutes les rumeurs de meurtre qui planeraient autour de moi. Dérisoire tout cela, d'autant que je continuais de m'en aller en écailles blanches à force de scalper ma tête, à force de m'acoquiner avec mes plaies, mes pustules, ma dermite furfuracée. Ah ! la folie de mes muqueuses...

Les cubes ne durèrent pas plus de deux mois. Je leur avais résisté et je me sentais de plus en plus forte, l'âge aidant, contre le complot qui visait à me faire taire. Trois années suivirent où je ne fus ennuyée que par quelques sons étranges. Le ventre éclaté par des canons. Et le bruit était pareil. Des images s'écrasaient. Je renversais le monde.

Mais bientôt je vis surgir des petits papillons sur les vitres de ma chambre qui m'indiquaient de prendre garde au vide qui se trouvait là, en un mot qui me rappelaient à chaque instant, contre ma distraction légendaire, qu'il y avait là une possibilité de suicide immédiate et d'une efficacité exemplaire.

Ces incessants appels au meurtre commencèrent de me perturber quelque peu si bien que je faillis passer à l'action, épuisée que j'étais par la lutte à mort. Mais au matin je tenais bon.

Alors je fuyais la maison familiale, par lassitude ou harassement, pour errer dans la ville à la recherche d'une quiétude, d'un calme que me donnerait la rue. Ils me suivaient en voiture afin de vérifier s'il ne m'arrivait rien, si je n'avais pas jugé utile de me glisser sous un camion ou sur les rails du petit train qui passait près de notre immeuble. Encore une fois ils me demandaient de mourir. C'est ainsi qu'il y a des trahisons remarquables.

Cependant, la persistance de ces discrets messages scotchés sur les vitres de notre cinquième étage continuait de me harceler quotidiennement. Aussi je pris la décision de choisir un pensionnat et de m'y enfermer pour ce qu'il me restait d'années à étudier. Par un gracieux hasard, ils ne s'opposèrent point à mon désir.

pensionnat

Je pris le train un dimanche soir, forte de mon choix et de ma volonté. La bâtisse qui abritait le pensionnat était large et charnue. Elle portait fioritures à ses murs comme autant de furoncles bourgeois. Je l'aimais immédiatement, non pas pour sa laideur, mais pour la liberté qu'elle représentait à mes yeux. Et pourtant, je ne m'étais point doutée qu'à l'affreuse

bonté familiale et meurtrière se substi-
tuerait la méchanceté gratuite de mes
camarades. On imagine aisément l'effet
produit par une jeune fille ravagée de
maladie, introduite dans un groupe d'une
soixantaine d'élèves. Des moqueries, du
ridicule, que puis-je dire ? si ce n'est
qu'en ces lieux je me sentais étrangement
en sécurité. On me surnomma *Caïman* (et
parfois *Hippocampe*) pour la sécheresse
et, surtout, la rugosité de ma peau. A mon
sens j'échappais au pire. Qu'aurais-je fait
d'un *Raclure de plaie*, ou d'un *Escarre* ?
J'en aurais ri peut-être, mais jaune, jaune.
Et à tort.

Au pensionnat je dormais les poings
liés pour ne pas me gratter. Malgré cela,
le sang se démenait tout seul, car au
matin c'est avec peine que je bougeais le
cou, tant la peau irritée me brûlait à
chaque mouvement. Je sentais en moi
comme une fleur venimeuse, bête vénéneuse... J'enrichissais peu à peu mon

47

vocabulaire. C'était une sorte d'animal-orchidée qui m'étouffait, particulièrement en hiver, à cause des radiateurs brûlants et du froid sec. Ma plante-animal se développait autour de l'œsophage, je suffoquais parfois gentiment. Il me semblait que peu à peu cette présence grandissait, me rongeait de l'intérieur et que les manifestations, elles, en étaient externes. Mon crâne chevelu se couvrait de plaques, ma peau s'effritait.

A l'époque, deux cauchemars hantaient mes nuits. Le premier me voyait devenir papyrus, puis bientôt monticule de cendres blanches. Tout mon corps avait fini par se désagréger rapidement. Dès que je me touchais, j'*usais* ma peau qui tombait en cendres. C'était la mort au bout.

J'appris à ce moment-là qu'un individu habitant les Etats-Unis d'Amérique était mort de ses nerfs, à cause d'une maladie identique à la mienne, tant il avait été mené à bout de lui-même. Cette nouvelle me terrifia. Je la tenais de la seule fille qui daignait m'approcher. Dès lors, j'en terminai avec l'amitié.

Je fis des efforts démesurés pour lutter contre la démangeaison et je décidai également de cesser de prendre tout médicament ; d'autant que la cortisone commençait de me gonfler grossièrement. La bête m'épuisait... Les nerfs... les nerfs... les nerfs enroulés autour de chacun de mes muscles, et du cœur, comme d'affreux petits vers roses et bruns, en tire-bouchon... peut-être les tentacules douteux de la fleur-animal qui gobait toute l'humidité de mon corps. Parfois, lorsque, me coupant, je voyais le sang ruisseler de mon doigt, j'étais surprise qu'il puisse rester dans ce corps sec à en crever, un quelconque liquide, fût-il celui-là.

Je rêvais également que la maladie petit à petit mangeait mon visage. La bouche d'abord commençait de disparaître, avalée par les plaies, dissoute par une plaque rouge ; puis le nez se déchirait et s'aplatissait progressivement. Il devenait béance ouverte sur le pus. Enfin les yeux, le gauche puis le droit. Je me voyais condamnée à ne plus jamais les ouvrir. Les plaques ravageaient mes paupières. Puis c'est l'œil lui-même qui tombait simplement de son orbite, le liquide lacrymal ayant été définitivement asséché. Je perdais donc le tout et errais dans la maison de mes parents, défigurée, le visage défoncé, remplacé par une sorte de face ronde et lunaire où se côtoyaient crevasses sèches et pus laiteux.

Au bout d'un mois, je bénéficiais, en raison de mon psoriasis, d'une chambre pour moi seule. *J'avais cultivé un vigoureux sentiment de supériorité avec toutes les implications de culpabilité et d'ambivalence qu'entraîne le fait d'être singulier.*

J'avais toute la rage de vaincre. Je restais à l'écart, en marge, le torse maculé de plaies, les bras recouverts de griffures comme autant de routes affolées qui se croisaient et s'entrecroisaient, débouchant sur nulle part. Mon lobe gauche fut attaqué en novembre par le psoriasis. Une plaie maligne s'y installa. A force de la gratter puis de la tamponner de mercurochrome, elle se referma emportant avec elle un petit morceau de mon oreille qui fut englouti à jamais.

Il m'était devenu délicat de plier les genoux tant le bas (la jointure) de mes cuisses me brûlait. Je dus porter de petits gants blancs de coton pour protéger mes mains. Il m'était impossible de suivre une heure de cours d'affilée tant le prurigo me harcelait, et je quittais plusieurs fois par jour la salle de classe afin de me réfugier dans les toilettes où je me déshabillais en hâte pour m'arracher la peau. Des milliers de squames parsemaient alors la cuvette, et c'est avec moquerie que mes petites camarades, passant après moi, hurlaient : «Il a encore neigé ici, *Caïman* est passée par là!» Mes squames, mes squames comme une neige folle qui ondoyait de mon corps. Je me couvrais de crème et choisissais avec précaution mes vêtements dont je supportais si mal le moindre contact. Je les trouvais le soir, suintant des crèmes grasses, à la fois glacés et encore tout chauds de ce pityriasis *rosé de gibert* ; mes vêtements, où macéraient mes plaies toute la journée, sur lesquels j'apercevais les traînées rouges du sang qui avait jailli.

Enfin je fus des jours durant sans pouvoir marcher suite à une nouvelle crise qui s'était déclarée aux pieds. J'avais choisi d'y mettre fin grâce à une lame de rasoir, imaginant que la douleur remplacerait la démangeaison. Il n'en fut rien, l'une s'ajoutant à l'autre.

C'est alors que je découvris la bibliothèque. A l'instant où je pénétrai dans ses murs, je sentis consciemment que ma fleur-animal (fêlure florale) desserrait son emprise. L'humide, le liquide reprenait légèrement le dessus. Le liquide, oh oui ! Sang, larme, lymphe, chyle, sueur, salive, bave, écume, morve, urine... Il me semblait que cet univers-là oui, l'humide, le laiteux, l'élastique, le doux, le suave, le tendre recommençait brièvement de s'écouler en moi, de ruisseler, de déborder goutte à goutte. Les livres… les livres, pensais-je… Or cette première sensation de bien-être, je la dus aux climatiseurs, disposés le long des murs, dans le but de préserver les reliures de cuir rare qui peuplaient les rayonnages. C'est ainsi que je crus longtemps que la lecture seule atténuait la sécheresse de ma peau alors même qu'il s'agissait de ces machines silencieuses et pour moi divines. J'en eus la révélation six mois plus tard. Que m'importait ! La sensation persista.

Ce premier jour, je m'avançai doucement entre les rangées, fascinée par le nombre de livres présents. Dès lors je n'eus de cesse de les explorer un à un.

Il n'y eut pas un moment de liberté, une après-midi de congé qui ne leur fût consacré. Je lisais exclusivement dans la bibliothèque, pour le calme et la solitude que j'y trouvais. A l'heure du déjeuner, je m'y rendais à peine mon dessert avalé. Un Roumain d'une cinquantaine d'années en assurait l'intendance. Il parlait peu, mais s'approchait parfois pour déposer sans un mot un volume sur ma table. C'est par lui que j'accédais aux plus *grands*. J'allais également piocher au hasard des rangées. Je découvrais un monde.

Mon seul chagrin était que je ne cessais de me gratter, alors même qu'il m'avait semblé qu'en quittant le toit familial il me serait donné d'apaiser mes brûlures et de vaincre ma maladie. Je continuais de compter les milliers de coups d'ongles qui laissaient mon corps en sang au coucher.

Alors, je sentais qu'il y avait une sorte de démence qui s'installait en moi, un dégoût profond qui m'amènerait bientôt, si je n'y prenais garde, aux crimes les plus ignominieux, ou à l'asile, ou, pour finir, à l'hôpital, si dans un sursaut de bienveillance je portais contre moi ce qui me semblait être une force occulte, sournoise, mais qui m'envahissait tout entière.

Il se trouve que l'autobus, emprunté par moi chaque week-end pour rentrer de la pension, ne longeait rien moins qu'un asile, un hôpital et une prison. Ainsi, je fus longtemps à transpirer douloureusement, le visage écrasé sur la vitre grasse du véhicule, les yeux fermés, et pourtant avide de voir ce que je sentais si près, si proche de moi, tout en le craignant de façon démesurée. Il m'était devenu extrêmement pénible de faire ce trajet, et pourtant je continuais de refuser de prendre le train, les correspondances étant fort compliquées et fort longues, d'autant que je n'avais pour aller d'un point à un autre qu'une demi-heure, celle-là même exactement qui me suffisait pour parcourir le trajet par l'autobus. Car nous devions tous les samedis prendre le train de treize heures gare Saint-Lazare, (Lazare, Lazare, lève-toi du lazaret), pour aller en famille à la campagne alors que le pensionnat me rendait à ma liberté vingt minutes après que midi eut sonné.

A chaque fois que je m'approchais de l'un ou l'autre de ces endroits, je sentais qu'il me faudrait une force extrême pour ne point me laisser aller à une quelconque faiblesse, qui me conduirait inévitablement dans l'un ou l'autre de ces trois endroits. A la fois ce trajet était pour moi comme une étrange épreuve, à la fois ranimait-il au fond de mon cœur la rage de vaincre et le refus de céder à mes fragilités. Aussi était-il important en ce sens, que je continuasse à prendre l'autobus diabolique.

Les dimanches, un immense dégoût me prenait à leur table. Ce n'était pas tant cette façon odieuse qu'ils avaient d'ingurgiter les mets (ou qui me parais-

sait odieuse, car elle était, je crois, extrêmement banale), mais le bruit que j'entendais grâce à une sorte de troisième
oreille : les pourlèchements de babines,
les affreux rots retenus... Il me semblait
même que je tombais avec la nourriture
dans leurs estomacs grossiers avant de
longer les méandres de leurs intestins,
tandis que le côlon, large paroi vis-
queuse, commençait de digérer l'ensemble. Il n'est pas jusqu'à leurs excréments que je subissais en imagination, ainsi que leur anus écarté prêt à
laisser sortir la merde. Tout cela me
rebutait au plus haut point alors même
que je ne pouvais m'empêcher d'y penser. Et leurs conversations, auxquelles
j'essayais d'échapper par ce moyen —
l'imagination de la nourriture descen-
dant lentement par l'orifice ouvert —
me pénétraient dans le cerveau avec
violence, telle la bêtise brute. Car c'était
sans cesse, à maintes et maintes reprises,
les mêmes sujets, les mêmes slogans ré-
pétés à l'infini, les mêmes fausses inter-

rogations qui se voulaient profondes, les mêmes refus de voir et d'entendre. Et c'est à force de me contenir, de me refuser à crier que la violence montait en moi, car ayant à plusieurs reprises essuyé un échec en voulant protester, j'avais décidé, et cela comme une victoire sur moi-même, de ne plus prononcer de mot sérieux aucun. Il n'en reste pas moins que j'étais contrite de haine, de mensonges et d'hypocrisie. Car enfin c'était moi désormais la plus hypocrite de tous, moi qui souriais niaisement — une peur de leur faire de la peine s'étant inscrite soudainement dans le creux de mes nerfs —, moi qui me proposais pour remporter les plats ou apporter le café chaud à la fin des repas. Et comme il était dur alors de remonter le soir dans ma chambre, les ayant sagement salués de mes lèvres menteuses, où j'allais avec un bonheur et en même temps une répulsion de moi-même achever de me gratter jusqu'au sang.

Au matin, je recevais de leurs yeux attendris l'esquisse d'une plainte sucrée devant les égratignures rouges bariolant mon visage meurtri.

Alors je leur donnais tout, les livres, les poèmes, tout ce qui me sauvait le reste de la semaine. Je leur jetais presque à la figure toute cette richesse qu'ils avaient omis de m'enseigner et qu'il m'avait fallu découvrir seule. D'autant que je sentais comme ces week-ends seraient sans doute les derniers avant qu'il ne soit trop tard; et leur livrer tous mes trésors, tous mes secrets, c'était finalement leur tendre la main, c'était leur offrir la possibilité d'une ultime entente à laquelle je croyais, que je désirais. Les livres, je les vois encore éparpillés sauvagement sur la grande table de la salle à manger, tan-

dis qu'un à un je les prends et leur tends
avec rage presque, et qu'ils refusent —
comment aurait-il pu en être autrement
de cette façon ? — qu'ils refusent gentiment sans vouloir m'offenser. Et moi, je
voyais bien comme ils me répondaient
avec cette gentillesse naïve, oui naïve...
Et déjà je vivais le remords de la peine
que j'allais leur faire en racontant tout
cela, en disant toute cette enfance hi-
deuse ; alors leur bonté presque bornée
m'entrait dans la chair comme une douleur profonde. Je comprenais comme
après il serait trop tard, que j'aurais
peut-être l'immense faiblesse de vouloir
me faire pardonner. Cependant tous les
mots s'étaient inscrits malgré moi sur
ma peau et ce serait pour moi bientôt
une question de survie, de joie, que de
détruire, de saccager et, plus simplement,
de dénoncer ce que j'avais cru vivre.
Pour que demain, je puisse, avec l'allé-
gresse que je choisirai, vivre avec tous
mes maux, certes, mais connus, expri-
més enfin, sortis de la chair tremblante,

de la chair labourée et qu'alors il me serait possible de prononcer le « je ».

Chaque dimanche, lorsque le déjeuner prenait fin, je montais dans ma chambre avec une rage contenue déverser ma bile sur ma peau. Puis je fermais les volets et sombrais dans une sorte de nébuleuse noire et suante.

Certains jours il me prenait comme une irritation dans la poitrine, dans le sang, ou dans l'os peut-être, une sorte de méticuleuse irritation qui disait là toute une souffrance, mais laquelle, Dieu laquelle ? — je la cherchais, je la souhaitais, comme s'il m'avait semblé qu'une fois trouvée, j'aurais pu l'arracher, la perdre et sauver mes jours. Alors dans l'immense salon, dont l'excessive propreté disait, à mon sens, le cœur sale de leur propriétaire, j'appuyais sur mon vieux magnétophone, et Bach, si léger, si gai, Bach emplissait la pièce de sa musique inoubliable.

Et quand l'un d'eux, au matin, moi le visage encore tout chiffonné de sommeil, quand l'un d'eux avec un sourire tendre me posait exceptionnellement cette si banale question : «As-tu bien dormi?», oui cette simple question «As-tu bien dormi?», il me venait des larmes aux yeux, des larmes chaudes, silencieuses que je montais cacher dans les toilettes, tâchant de calmer ce qui fusait soudain en moi, un manque d'amour atroce, stupide, grossier, que je ne cessais de me reprocher la journée entière.

Chaque mot, chaque parole me faisait atrocement souffrir parce que j'y voyais un retard irréparable, le fantôme de ce qui n'avait pas été, et que tous ces mots, ces tendres phrases, il eût fallu me les dire bien avant, au temps de l'enfance supposée douce.

Je sentais, qui plus est, comme tout cela prendrait fin, comme le jour où tout serait énoncé enfin, que mon psoriasis m'aurait quittée, lorsqu'enfin les choses iraient bien pour moi, alors entre nous tout irait mal, et je me rebutais devant ce choix impossible où la première situation semblait condition de la seconde. Je pleurais amèrement.

Moi l'enfant témoin, orgueilleusement témoin, je les tuerai un à un (ma peau contre la leur), je prévoyais ce meurtre, je devinais comme j'achèverai de les assassiner et déjà je comprenais que l'asile, la prison, y compris l'hôpital, seraient alors sans risque et hors de danger pour moi, évitant en les tuant de commettre d'autres crimes. Qu'est-ce que je tuais alors, qu'est-ce qui allait mourir ? Une sorte d'illusion d'avoir été aimée par eux.

Je voyais dans leurs yeux les reproches futurs, et non pas la condamnation mais la peine brute, la tristesse des bêtes, celle du cheval de labour peut-être, lourd dans son corps, avec cette désolation douce dans le regard. Certes, ils ne me condamneraient pas directement mais de leurs yeux jailliraient un chagrin et une douleur dont je devinais déjà qu'elle me serait insupportable. Fallait-il que ce soit grave, à mon sens, pour que je me risque à être responsable de cette souffrance-là !

De retour à la pension, en cette ultime année d'études, je me mis au travail. Et je fus soudain remuant avec fiel la répugnance des miens.

Le meurtre commençait. La chair devenait verbe. Et plus j'inscrivais sur mes pages d'écolière l'horreur des miens, plus ma peau retrouvait son élasticité première. Je voyais une à une les griffures s'effacer et devenir sur mon papier quadrillé, d'étranges et longues traînées d'encre noire. Ma fleur-animal se déployait en boutons nerveux, en boucles de mots, en adjectifs bouillonnants ! Le texte, le texte de ma peau éclatait en plein cœur de la page. Mon écriture se démenait nerveuse, je grattais, je grattais avidement le papier, la phrase me démangeait, tournait en tous sens dans ma tête avant que de venir s'écrouler sur ma feuille. Mes plaies, une à une, venaient mourir sur la blancheur de ces dizaines de pages que je volais à la réserve de papeterie du pensionnat. Boucles de mots, encre liquide, enfin liquide, le liquide! Adjectifs, verbes, syntaxe, j'inventais des hapax, je tournais les termes, j'écorchais la langue, je dépouillais la grammaire, je fouillais, je raclais le fond de mon vocabulaire! Et les subjonctifs raffinés, aussi précis que l'étaient les crevasses immondes qui avaient poussé sur mon affreuse gueule, je les prenais, avec joie, rage, subjonctifs imparfaits... la langue, la langue me démangeait... je détournais un monde... et l'encre noire coulait... coulait comme le sang d'hier de mon tissu ouvert, je déclinais mes plaies... Ah! vocables, lettres, voyelles, consonnes, orthographe, syllabes, accents, lexiques, dictionnaires, glossaires, synonymes... j'en crevais... mon encre Waterman, flacon chéri... l'alphabet comme un rêve, ma saleté d'orchidée crevée par le langage sur les feuilles de ma haine... le papier contre la peau, en échange de la peau!... Ah la littérature... de quoi s'agissait-il?... sans poésie, sans lyrisme, avec des rimes prosaïques, ma peau cactée, oui! je partais pour le rire... avec mes adjectifs, ma gueule racornie recommençait de vivre... xérodermie, xérodermie... je nommais le tout, le texte ancré coulait en traces noires... ma maladie, mon psoriasis en compléments d'objet direct, en relatives, mon prurigo subordonné, pronominal! Auxiliaire!... de tout, de tout!... je tendais vers le présent, radical, je harponnais les majuscules... traits d'union, ponctuation, apostrophes... jouissances effrénées de la langue... accents circonflexes... je me déchaînais, je riais, j'inscrivais là, sur les lignes, mon passé composé, composé avec eux, toujours avec eux... je rêvais de futur antérieur, de conditionnels avortés... et je plongeais là! dans l'impératif... impératif absolu d'enfin pouvoir parler... que d'accords, que d'accords j'ai choisis!... A coups de conjonctions, mon psoriasis je le mettais par terre, je le piétinais… enfin, enfin je traduisais le texte de ma peau… Ah la césure! et la rime! la syntaxe! ma rhétorique de couenne! Des articles, des articles à n'en plus finir, définis, indéfinis, partitifs… propositions multiples… pour demain! Propositions de causes et de conséquences, propositions de buts! Enfin! Sujet, attributs du sujet, objet, objets de ma haine, de la leur, ah enfin! Toutes les ellipses, le non-dit cent fois trahi, et la phrase à construction impersonnelle… un monde que je quittais! enfin! Les mots, les sons, ma voix! Tout bas je murmurais ce qui était en train d'exploser dans mes mots… enfin la phrase affirmative… et les auxiliaires, j'allumais les auxiliaires… la grammaire, la grammaire comme une femme… j'étais à me faire jouir la grammaire pour moi toute seule… la langue! La langue me rendait folle… enfin la langue vivante, vivante! Mon patois, mon dialecte, la langue vernaculaire de ma peau… Je conjuguais à mort. J'exterminais avec barbarismes l'exécration des miens !

Car c'est le nœud de toutes les générations que j'ai porté, de tous ceux-là depuis des siècles, complices encrochetés de morale bien bénie, bouffis de principes pharisiens, maquilleurs de péchés, ricanant dans la vénalité et dans leur complaisance.

Et parmi eux certains ont su, certains ont auguré du massacre. Peut-être ont-ils songé dès lors à élever la voix ? Neutralisation ! Je songe au sabotage de toutes ces vies possibles, suicidées par l'affection du Moloch familial. Et à chaque mort instruite, tout le gros paquet, toute l'affreuse responsabilité, ils le mettaient sur *la marge*. Falsification remarquable ! Car à chaque fois c'est un de plus qu'ils réussissaient à anéantir dans le mutisme, un de plus qui ne révélerait pas le groupe oppressant, l'imposture de la tribu suffocante étranglée de convenances sournoises, le secret de l'abrutissement. Et il y eut celui-là, ce cousin que j'ai même eu le

70

temps de commencer d'aimer, Jean, la carabine dans sa tête, le meurtre ! Je m'en souviens. Il avait démasqué, il était près de dire, de raconter. Et je revois cette veille, je la devine, où il s'affole sous le poids qui l'étouffe, cette veille infinie qui n'a pas eu la grâce de durer jusqu'au jour. Je découvre le sang dans sa chambre claire, et la famille nourrie du cadavre sacrifié à l'autel du clan. Aucun sycophante ne doit trahir la caste, quelle qu'elle soit ! Jean, avec ses cheveux moutonnants, de cinq ans mon aîné, Jean qui m'emmenait dans le grand jardin, le leur, qui m'apprenait le temps, la patience patiente devant la canne à pêche, et la vie des faisans. Jean à la chasse, et moi, nous deux et son chien jaune qui parcourions pendant des heures ce territoire vert où il trouvait enfin le calme et la sérénité ! A coups de carabine il s'est foutu en l'air, Jean ! Rien de moins ! Ah ! ils ne me pardonneront pas d'énoncer cela, mais il est trop tard, il est toujours si tard. Et pour eux le silence est si abominablement sérieux. Car ils craignent que l'on sache, plus que tout ils redoutent l'évocation de toutes leurs combines du dessous pour s'arranger avec Dieu et croupir dans la médiocrité déguisée de cœur! Et ce sont les plus meurtriers, ceux qui ont liquidé, non pas un, ni deux, mais cent, mille, dix mille fils, ceux-là qui ont assassiné des générations de fils, qui sont les premiers à mener les innocents à l'échafaud. C'est autant de sursis pour eux, tant qu'on ne parle pas de leurs crimes dans le grand journal de l'Histoire. Surtout que cela ne soit point écrit. Nulle part! Ils l'ont fait taire, Jean. Encore un qu'ils ont fait taire. J'ai pris la relève. A ma naissance ils m'ont reconnue au bras coincé. La différence, visible, si réellement visible pour une fois, qui se jouait dès la première heure, et la grande machination a commencé de se mettre en place. Les réseaux fonctionnent à travers les générations! Que ma voix, la mienne propre, ne voie jamais le jour, que je continue sans cesse d'épeler les onomatopées de leur lan-

72

gage stupide! Langue de l'hypocrisie, du confort, des privilèges. Que je ne trouve jamais ma langue pour les raconter, que je ne passe jamais aux aveux, grand jamais; me supprimer comme l'autre, comme tous les autres! Mais le verbe s'est gravé malgré moi dans la chair, mais l'alphabet s'est incrusté dans ma peau. Il ne me restait plus qu'à en trouver la grammaire, la syntaxe et l'accord dans les temps.

Parce qu'ils se sont toujours empêchés, parce qu'il y a un étau de méchanceté qui leur serre le crâne, ils n'ont jamais aimé ni joui. L'ordre seul les excite, et l'or! Ils ensanglantent leurs yeux pour une parcelle de terre, pour une miette d'héritage. La liberté, ils n'en ont jamais eu le goût même. Ils n'ont jamais rien tenté, rien inventé, rien songé mais accumulé seulement avec une bêtise obstinée, sans fin, inassouvissable.

Ils engendrent des bourreaux, se reproduisent meurtriers des fils à venir, ces innombrables qui rêveront d'un autre possible, vrai gibier d'émotions. Tous ceux-là, exterminés par un trop-plein de bienveillance soucieuse, de pathétique bonté charitable où le silence régnait dans l'abomination des choses.

Et je me souviens comme il me fallut écrire *le* texte dans un temps de somnambulisme abruti et d'une main lépreuse. Alors je quittai le pensionnat pour continuer mon travail et m'installai seule, dans une chambre au fond d'un rez-de-chaussée. Deux fois je les quittais. Et la rage était là: dans ma cuisine minuscule je frappais d'une main malhabile sur le carrelage les bouteilles vides du vin que j'avais bu. Parce que j'ai voulu oublier. Alors je buvais le vin et je fracassais par terre ce qui devenait peut-être mon crâne. Je mélangeais le tout. Et soudain je n'étais qu'attente. Mais ce n'était pas un homme que je désirais, non, je voulais beaucoup plus, je voulais la langue, son présent! J'attendais de pouvoir enfin supporter de mourir. Et je sortais la nuit, particulièrement les nuits de pluie, où tout m'était ivresse et cri. Je devinais tout ce qui m'attendait, toute la joie. Et j'errais sous la pluie à ne rien faire, les dimanches soir, avec les fenêtres des immeubles tout illuminés de confort heureux, familial. J'étais seule, j'étais seule, je me noyais dans la phrase, ma faim était grande, oh oui! Je goûtais le temps de la délivrance, de l'indifférence joyeuse, ce temps-là où enfin, j'appréhendais sérieusement le mensonge. Pendant de longues heures j'allais sous les averses, humide. Je passais devant les vitrines des cafés embués d'hiver. C'était toujours l'hiver, bien sûr. Au fond de mes reins il y avait le nœud de couleuvres se dénouant mollement. Je comprenais toutes ces années à me tordre les mains, à gratter ma rage, et ma soif de savoir.

Et puis il y eut septembre... septembre frappé des chaleurs d'août et la grande joie d'atteindre enfin l'impossible présent, le merveilleux de la conjugaison permanente. Et le temps est venu de la simplicité. Je me suis trouvée nue à moi-même, sans heurt, et avec la joie stupide, oui stupide, brutale lorsque j'ai su un jour que le texte arrivait à sa fin, lorsqu'enfin le décor a pris le relief qui était le sien. En perdant le tout j'ai enfin tout gagné, dans une gratuité exemplaire ; et mon corps, y compris, est devenu *politique*. Et je peux vous dire comme ce fut bon, parce que vivant.

Alors j'ai cessé d'être en guerre, et c'est ainsi que je leur suis devenue — sans aucune volonté de ma part — réellement nuisible. Du moins l'ai-je cru à cette époque. Et de fait, ils ne lurent jamais le texte haineux.

Je restais quelques mois la peau lisse,
tendue sur mon squelette, offerte à la rue
comme un fruit goûteux. J'allais sur les
boulevards, fière, dans des robes entrou-
vertes sur les autres. Ma haine tombait,
s'effritait peu à peu. Je commençais d'aimer de vivre et de plaire. Mes projets
furent innombrables. *J'investissais* l'ave-
nir de mes désirs les plus charmants.
J'avais déménagé pour un appartement
plus grand : un vrai deux-pièces qui donnait sur un petit square vert, très calme,
dans le XIVe arrondissement. Je devenais
sociale, animal rôdé pour la machine en
marche. Je m'étais mise au travail : un

poste que j'avais trouvé facilement dans une entreprise de presse. Un simple travail de correctrice, mais qui me mettait en relation avec ce qui me semblait une foule. Je voyais alors dans leurs yeux comme il me serait facile de les séduire. J'imaginais des histoires incertaines. J'allais dans les bistros, sur les terrasses ; un plaisir que je m'étais toujours interdit, refusant d'exposer les ignominies de mon visage et de mes mains. Je ne cessais de me caresser les bras à toute heure, surprise, émue de la simple élasticité de mes tissus. Il faisait doux, Paris sentait l'été.

Je vécus ainsi, sans souci jusqu'en mars, avec la joie réelle mais combien surprenante de me sentir identique aux autres.

Puis ce fut l'aube du 14 avril. Je m'étais endormie calmement, après minuit. Et au matin, je perçus de très loin, du fond des ans, me pousser une affreuse petite démangeaison, qui s'implanta dans la joue droite pour gagner peu après l'en-

78

semble du visage et du cou. Puis les épaules et le torse. Il pouvait être cinq heures, à peine. Le jour se levait, et je ressentis de nouveau, pour la première fois, la bête immonde me travaillant le derme, la fêlure vénéneuse s'enroulant sur mes membres. Mon corps fut brusquement pris dans une effroyable toile d'araignée qui pointait mille et un dards dans ma couenne. Je luttais une heure durant, refusant de céder à cet envahissement brutal, inattendu, impensable pour moi. Je restais allongée, tendue, mais tâchant de respirer lentement, tâchant de calmer ces morsures innombrables et grotesques se démenant rageusement sur ma peau. Je me battais, les poings serrés, résistant de toute ma volonté à ce flot, à cette vague d'irritation, de prurit. Est-il possible, pensai-je, est-il possible que la fleur-animal revienne encore harceler et mes nuits et mes jours ? Il me semblait qu'ayant fait l'extrême effort de raconter cette infâme persécution d'enfance, il me serait donné de ne plus jamais la subir.

J'avais le sentiment que mon texte avait enfin été écrit dans ma langue, et ce retour ignoble m'impressionnait énormément. Je me masturbais dans le but de m'apaiser. Vainement. J'occupais mes mains, j'étais obsédée par l'occupation de mes mains. Je broyais les draps, mordais l'oreiller. C'est avec une extrême attention que j'éloignais mes membres les uns des autres, sachant qu'un contact d'une partie de mon corps avec une autre augmenterait mon malaise. Il faisait chaud, ce qui n'arrangeait rien, la sueur venant alimenter cette aberration subite de mon squelette en rut. Hélas, lorsqu'il fut sept heures et dix minutes, je me ruai sur moi-même, plantant un à un mes dix ongles dans mes joues, grattant, grattant jusqu'à épuisement ce qui était en train de devenir, à nouveau, le parchemin d'un horrible sentiment, l'impossible oubli, croyais-je, de ce qu'il s'était passé autrefois, la morsure féconde de ces années d'enfance.

Le visage, d'abord, partit en lambeaux,

le pus jaillit tout seul, d'un coup. Puis la nuque et le cou que j'attaquai à deux mains... les nerfs en ribambelle, affolés, les épaules, ah!, le torse, que je lacérai en tous sens dans un bien être inouï. Je me jetai sur les mollets, faciles d'accès... plaisir rapidement satisfait. Je remontai vers l'aine... et la jointure des cuisses, et puis encore le visage, d'une main, l'autre tressaillante sur mon ventre, l'avant-bras, au creux, la saignée... jusqu'au sang... les seins, les mamelons en liquide, sorte de chose blanchâtre et grasse... Toujours allongée, mille mains sur mon corps, mille ongles dans ma peau, le sang qui commençait de s'inscrire sur les draps comme une preuve absurde... les yeux frottés à mort, et les pognes s'égratignant l'une l'autre avec avidité... Appétit forcené... oui la démangeaison m'étourdissait de nouveau, grosse femelle insatiable, que je nourrissais encore de mon sang et de mes squames, de mon pus et de mes liquides ancestraux. Avec mes mains, je raclais pour elle de quoi la *sub-*

stantiver, puis je plongeais dans mon sexe que j'écorchais avec habileté, me limitant au plaisir de la satisfaction du prurit sans atteindre la douleur. C'était une sorte de vaste jouissance ignoble et vicieuse à laquelle je me donnais, une vague insensée que cette mer de prurit! Le psoriasis revenu malgré ma lutte, malgré cette victoire d'autrefois...

Petit à petit, je pressentis que mes membres se fatiguaient d'eux-mêmes, le rythme cessa de s'accélérer, les picotements ne se calmaient pas mais mon désir de les satisfaire s'appauvrissait. Enfin ma bête lâcha prise, et je me retrouvai nue comme un ver, sur mon lit moite et tiède. Je me levai doucement pour tirer les rideaux et vint me planter devant la grande glace ovale qui garnissait ma chambre. Je m'accroupis par terre et, les nerfs à bout, je pleurai, pendant longtemps. Enfin, abasourdie, la peau défrichée, je décidai de me rendre à la pharmacie la plus proche car j'avais jeté, quelques mois auparavant, toutes les crèmes qui me soulageaient dans les moments de crise les plus terribles. Je ne me coiffai pas, enfilai très doucement un gilet de coton et un pantalon frais puis descendis dans la rue telle une sorte de folle éperdue. Quelques personnes me regardèrent d'un air étrange, enfin j'arrivai à la pharmacie et commandai les produits si bien connus de moi. Je n'avais guère d'ordonnance, mais le pharmacien, à ma vue, comprit et me donna ce qu'il fallait. Au moment de sortir, je l'entendis me conseiller de prendre rendez-vous chez un dermatologue, puis murmurer à sa collègue : « Je n'ai jamais vu ça. »

Je rentrai à l'appartement et me badigeonnai, mais avec quel dégoût, des crèmes grasses que j'avais rejetées pendant tant d'années.

Enduite des pieds à la tête, j'enfilai un épais pyjama de coton et décidai de me recoucher pour la journée. Assommée par l'irruption si soudaine de cette crise inattendue, j'éprouvai un implacable besoin de dormir. Et, connaissant la perfidie de mon mal, je me bandai les mains pour en faire deux moignons inutilisables à sa satisfaction. Je sombrai dans le noir de mes nerfs, au plus profond d'un sommeil agité.

Le téléphone sonna vers midi. L'entreprise s'inquiétait… Je raccrochai sans un mot, sachant déjà que je n'y retournerais pas avant d'être venue à bout de ma pitoyable différence.

Je restai allongée, abrutie, souhaitant réfléchir, cependant, à cet événement considérable qui venait de surgir. Et les heures passant, dans le silence du matin, je compris petit à petit toute mon erreur.

Ainsi je m'étais trompée, car ce n'était pas eux, non pas eux les responsables, la famille, les familles, mais plutôt l'affreuse oppression d'un système, qu'ils maintiennent dans un aveuglement qui n'a d'égal que leur capacité à se persuader du contraire, et moi ayant parlé j'avais vérifié que j'étais de cette pâte-là également, de celle fomentée de bassesse parcimonieuse, de mesquinerie sordide, car j'avais tant râlé, et tant maudit, mais hérité de tout ce qu'ils m'avaient transmis, et ma rage, ma colère c'était aussi d'eux que je la tenais, c'était d'eux que je m'étais nourrie, et à mon tour ayant crié, j'avais tué, exterminé, égorgé, décapité. Cela avec l'illusion radicale que j'échappais à leur pensée médiocre, alors que de mon héritage je n'avais retenu que la bassesse qui ne les qualifiait pas réellement. J'avais à la fois exagéré le tout, comme chacun, et en même temps si peu vu ma propre incapacité à supporter ce que j'étais. Nous vivons tous de ce que nous avons grossièrement imaginé.

A travers tous ces glaviots purulents que j'avais fièrement émis, je lisais mon affreuse dépendance, mon vaste aveuglement, le règlement cathartique de mon texte enfin exprimé, après l'avoir gratté comme on gratte la vérité sur ma couenne pleine de pus. Et tout cela avait donc été vain. Je m'étais battue, mais mon ennemi n'était point celui que j'avais cru qu'il fut.

Je restai abattue, les jours qui suivirent, corps inerte, malléable, subissant sans broncher les successifs assauts de la démangeaison. J'attendais. Je ne savais plus que faire. Au sixième jour, je me rendis chez eux pour un dîner que je demandai. Ils étaient attentifs, soucieux de mon état, inquiets par mon visage. Et leurs paroles me réconfortèrent pour la première fois. Je les embrassai de force, les serrai dans mes bras, perdue et gauche, devant l'inconnu qui s'ouvrait à moi. Je leur expliquai brièvement que je ne pouvais, pour l'instant, retourner travailler. Ils acquiescèrent en silence, et me proposèrent de financer une cure thermale. Je refusai. Après tout je m'étais assez servie de mon état valétudinaire : j'avais pu, l'affection aidant, me plaindre abusivement auprès des miens. Il suffisait de montrer ma face pour que les complaintes s'enchaînent. Cependant que ma dermatose prouvait sans cesse que mon existence, bien que douloureuse, n'en était que plus passionnante.

Dans la grande cheminée du salon, une petite araignée trapue et noire s'agitait sur le haut de la bûche dont l'extrémité opposée se consumait dans le feu. Elle essayait d'avancer vers les flammes, rebroussait chemin à cause de la chaleur pour remonter vers le haut, le vide, là où il n'y avait rien. En aucun cas je ne l'eus sortie du feu. Néanmoins, j'espérais qu'un hasard lui permettrait de prendre la fuite.

Je me sentais petite araignée noire et trapue, l'ensemble de mes précédents repères venant de s'écrouler d'un seul coup.

Le lendemain je devins ce qu'ils nomment folle : je cessais donc de me rendre à mon travail et ne sortais plus que la nuit. J'allais instinctivement vers la nuit mauve, à Pigalle. J'entrais dans les peep-shows regarder la peau lisse des filles.

Dans la petite cabine je continuais de me fouiller, m'agitant de soubresauts grotesques, à l'identique des hommes qui se branlaient derrière les vitres. Je connaissais d'étranges jouissances intimes de ce contact avec moi-même. Et cela était bon sur l'instant. La démangeaison montait au coin d'un boulevard, d'une rue. Je me précipitais, soucieuse de la satisfaire, dans les toilettes d'un bar ou sur la banquette d'un taxi qui me ramenait chez moi où j'achevais de me plonger dans l'extase. La douleur même n'était plus une limite. Je grattais. La scène se répétait inlassablement. Je faisais durer la réjouissance : j'attendais parfois l'extrême picotement pour me jeter sur moi-même, ou bien je me rendais, à la seconde où je sentais les premiers agacements. La démangeaison emplissait ma vie, était devenue mon obsession. Je restais des jours entiers seule, sans parler à quiconque, intime avec ce prurit débordant, en face à face. Je l'épiais, je le guettais. Chaque parcelle de ma couenne n'était plus qu'un désir. Je fleurais la montée de la vague, j'éprouvais l'inondation de cette chose, son explosion... Ma peau ondulée par les nerfs... Chaque particule de mon derme irritée, agacée, oui, je m'agaçais moi-même au bout de mes nuits, dans une sorte de folie indécente. Sur la moquette râpeuse, ou nue, face à la grande glace de la salle de bains, j'écorchais mon squelette, je rendais ma carnation plus profonde encore, je faisais sortir les chairs brûlantes, je mettais à vif toutes les muqueuses, je déchirais lentement, avec précision, l'enveloppe de mon corps, j'atteignais des nudités extrêmes ! Je me découvrais un vice à moi. Dès lors il ne fut plus question de reprendre une vie normale. J'apprivoisai d'autres habitudes.

Au mois de mai, je déménageai sur les hauteurs de Montmartre, plus proche des quartiers sombres. Il n'y eut pas une journée où je ne m'abandonnasse à ma nouvelle insanité, celle de me laisser aller à l'envahissement monstrueux de cette maladie. Mon sang jaillissait à l'air libre, tous les liquides intérieurs se répandaient sur moi, je ne nommais plus rien, je ne cherchais plus aucune explication, je me délectais dans la sueur de mon mal, dans sa *suintance* perpétuelle.

Vers les six heures, je descendais au bar du coin boire une bière fraîche. Je vivais de rien. Les gens ne posaient aucune question, me regardaient d'un air étrange. Alors que je m'attardais un soir, un jeune homme me suivit au moment de mon départ. Il était blond, le visage slave, les yeux verts. Peut-être avait-il quinze ou seize ans. Je me retournai à plusieurs reprises, il s'arrêta alors mais ne bougea point. Aucun homme ne m'avait approchée en état de maladie. Je n'avais connu aucune main sur ma coque excepté les miennes. Il me suivit jusqu'à ma porte, il se taisait toujours. Je l'invitai d'un signe du menton, il me rejoignit au cinquième étage. J'ouvris l'appartement. Il rentra doucement puis se colla à moi dans la petite entrée, il m'embrassait nerveusement, fourrant sa main dans mon pantalon, cherchant mon sexe ; il s'agitait comme un asticot contre moi. Je ne faisais rien, l'irritation commençait de monter. J'espérais, je me déployais, égratignant brusquement les murs, laissant s'escalader en moi la multiplication de ces deux plaisirs, l'un de lui, l'autre de moi, partagée entre cette envie fulgurante de m'écorcher et la panique de mes mains agitées par le plaisir, comme les papillons affolés sous l'abat-jour de la lampe en pleine nuit. J'abandonnai ma grosse femelle, mon insatiable, je me donnai à la morsure électrique de mon ventre. Il sortit sans un mot.

Trempée de sperme, de bave et de sueur, je me glissai dans mon lit où je m'endormis comme une brute. Au matin, je constatai avec un étrange contentement que mes ongles n'avaient pas cessé de perdre la raison durant la nuit.

Alors, je décidai de m'installer sur un banc du métro vers les neuf heures, à l'heure de pointe, et le spectacle de ces foules entières me donna l'impression d'une folie bien plus grande que la mienne. Je commençais de comprendre le monde.

C'est avec une joie non dissimulée que je mettais à nu l'obscénité de mes chairs intérieures. Je creusais ma peau, je cherchais l'énigme, la connaissance mouvante, le monstre suspect, l'intime débauché, dessous mes bubons perforés, cette force vive comme un ventre à ouvrir. Découvrir les chairs oui, cet indicible qu'on ne voit jamais, la face cachée sombre et noire. L'horreur de ce bouillonnement désordonné, je la voulais, c'est elle que je ne cessais de traquer. Je me retroussais comme un gant, myologie grandeur nature que j'inventais en me dilapidant. Je me scalpais moi-même, devenant ainsi inutilisable, mauvaise machine, en dehors de la grande industrie... Et les scarifications béantes que je laissais traîner sur mes tissus étaient comme autant de preuves de mon étrangeté et de ma différence. Car je me condamnais volontairement à refuser cette bonne santé épargnante, indispensable pour la vie professionnelle, nécessaire à la mascarade grotesque de la comédie sociale. En bonne santé, les autres l'étaient plus par terreur que par choix. Je retenais mon mal comme une définition. Aucun devoir pour moi de rendre compte, mon visage affichait de lui-même mon refus, c'était bon. Ils me nommaient coupable et diabolique, de me laisser ainsi envahir par mon pityriasis. Je me savais lucide, en partance vers une pure intériorité, proche de l'indifférence, vers une toxicité insoutenable. Je n'avais plus de quoi échanger avec l'extérieur, j'inquiétais encore, mon corps n'affichait aucune résistance, non, je ne retenais rien de ce qui s'emballait, je laissais mille chevaux galoper sous ma couenne, la bride lâchée... le gaspillage en plein sur mon étoffe, au milieu de mes plaies... j'affichais mes traces, je me nommais vivante, aucun contrôle ne pouvait rien contre ces éclaboussures que j'entretenais comme ma sécurité de rester consciente, au cœur de ce plaisir à vif qu'est la satisfaction de la démangeaison lorsqu'elle réclame son dû. Oui, ma démangeaison, que j'ai haïe avant de l'adorer, car elle seule a su m'écarteler, faire péter mes boyaux, allumer mes chairs comme autant d'usines en pleine nuit, scintillantes sur mon derme. Une existence avare, voilà désormais ce que je refusais, je trouvais mon ennemi, je me gargarisais de mon obsession. Risquer le délassement des chairs, les laisser se répandre au-dehors, et malgré l'oppression morale, ne pas cesser de se confondre dans cet état orgiaque... Mon corps comme une mauvaise machine, oui, j'étais *économiquement dysfonctionnelle*, et cela m'inondait d'une ivresse encore neuve, qu'il me restait à explorer, à vivre au jour le jour. Je n'arrêtais pas, en m'éventrant, de fauter aux yeux des autres mais de me glorifier aux miens. J'aurais *dû* me soigner, j'aurai *dû* prendre de ces médicaments qui endorment, qui abrutissent, de ces piqûres infâmes qui vous rendent docile pour le reste de la semaine. Me calmer, ils voulaient tous que je me calme, que je me soigne... Calmer, soigner cette nervosité excessive que le déchaînement révélait... Nerveuse je l'étais oui, les nerfs tendus comme un arc délirant pour une flèche fatidique qui visait l'échancrure d'une liberté nouvelle. Il me plaisait, à moi, de mettre cet intérieur en désordre, de semer la panique dans mes membres affolés de se retrouver nus, écorchés sur l'air froid. Je creusais la peau, parce que c'était la seule façon de refuser l'adhésion à un monde confus suintant l'abrutissement. Œuvre féconde que mes turbulences en prolifération, ma déchéance luxueuse. Sauvagerie ô combien vulgaire, si noblement vulgaire, que ma frénésie de peau, inventée par moi-même et nulle autre, cette démangeaison qui me signait comme une création toute personnelle, ma réaction propice que j'avais immiscée dans ma vie au tout début des jours, mon art magistral, ma preuve absolue. Il s'en était fallu de peu que je ne m'abandonnasse à leur affreuse industrie. Aujourd'hui ce n'était plus la famille que je rejetais, non, mais eux, tous les autres, les serviles heureux, tandis que mon sang c'était moi, mon corps mon unité, bloc massif électrisé par ses tendons, ses volts désarmants, fils blancs et fous qui alimentaient ma joie. Et mes muscles incroyables soutenant ma chair noire, mes muscles profonds, comme un filet se resserrant autour de mon intime vérité. Je m'interdisais une quelconque tyrannie, je me donnais à l'onéreuse exubérance de mon mal, je refusais tout discours qui puait le social et le bien-être satisfait. Leurs pensées hygiéniques me répugnaient.

J'interrogeais, dans mes nuits rampantes, le secret de mon enveloppe. Je décryptais l'énigme, je voulais comprendre ce que cachait la méconnaissable figure, le mensonge noir obscur, le plus sombre et le plus archaïque mensonge, celui de la servilité. Il n'existe aucune loi, ni aucune norme, aucun schéma, ils m'avaient tous menti. Je découvrais derrière mon derme, la vérité d'un monde non soupçonné, je faisais la conquête du pouvoir de choisir, en grand, pour soi, et je savais dès lors des plaisirs nouveaux. Comme le serpent rampant sur sa peau mauvaise, je laissais derrière moi l'exquis mensonge du faux; je suis tombée sur mes propres os que je n'ai cessé depuis lors de ronger. Car nue j'étais encore vêtue et nu le monde puait encore. J'ai gratté ma peau comme j'ai gratté l'épaisse corne qui recouvre docilement la croyance. Dans mon rire trop étroit je me suis bousculée : ils étaient mille et cent à vouloir exploser, ceux-là qui déchiraient ma

98

couenne, qui guidaient tous mes ongles sur la surface rugueuse de ma pensée tendue. Je me suis laissée aller à l'orgie exquise de cette montée perverse. Rejetée par les miens et ce monde purulent, j'ai accédé à une liberté inconnue, que la démangeaison seule a donc su me donner.

Ma peau a éclaté comme le monde que l'on m'avait transmis. Les deux furent trop étroits. La vie est plus vaste, et plus vive la force, que ce qu'il en est dit.

Je revis régulièrement Rodolphe, le jeune homme aux yeux verts. Il venait me visiter environ deux fois par semaine. Il me rejoignait après l'école vers cinq heures. Nous parlions peu. Il ne disait rien de mes plaques. Après avoir fait l'amour je lui faisais travailler ses leçons. Nous buvions du vin rouge italien que je faisais livrer par caisses. Il ne posait aucune question. Je ne lui demandais rien non plus. Sa compagnie m'était relativement agréable. Un soir je lui ordonnai de me gratter. L'excitation de ma peau était à son comble. Il se sentit timide puis s'approcha de moi pour me déshabiller. Enfin il commença de frotter mes plaies doucement. Je murmurai :

— Plus fort, plus fort, plus FORT, PLUS FORT...

Alors il se mit à me branler violemment d'une main tout en m'écorchant avec frénésie de l'autre. Le sang s'incrustait dans ses ongles... Et le pus sur ses doigts.

— A gauche, à droite, plus haut, plus fort...

Les mollets, j'explosais, le choc montait, un socle brut qui se brisait dans mes neurones, mes nerfs en folie... Ce fut comme une lumière étrange, jaune, folle, devant mes yeux, des sanglots monstrueux commencèrent d'éclater, je pleurais, mon corps devenait trop petit, je voulais qu'il déchire l'enveloppe qui m'oppressait, cette limite impossible, j'avais besoin d'espace, d'air, de frais, je cognais ma tête contre le plancher, dans un bruit sourd et mat, lui s'appuyait sur moi, fonçait sur mon ventre par-dessus mes flancs, une sorte de rage dans ses yeux, que j'apercevais sous mes paupières ouvertes... Mes reins tendus, mes doigts inutiles et les seins labourés. Il pénétra ma peau et mon sexe ensemble, il frappait et grattait à la fois, écorchant ma blessure d'entre mes lèvres douces, arrachant l'épiderme de coups secs et pointus. Tout en perdant imperceptiblement le contrôle de ses membres, il continuait ainsi de me saigner durement. Il prenait du plaisir à racler dans ma couenne, à foncer droit devant au creux du ventre ouvert, dessous le sexe, dessus la peau en sang, les chairs du dessous emmêlées avec lui sous l'étoffe du dessus, je devenais muqueuse affolée, mes veines sans sursis, et mes muscles assaillis de secousses, la carnation toute de couleurs vêtue... il opérait dans mes chairs profondes, m'amputait de mes squames, travaillait mes bouffissures toutes en érections glorieuses, mes plaies, mon étoffe désarmée, déchiquetée de plaisir et de joie... la carapace percée de tous les sens, et par toutes les avenues... il me scalpait, m'égratignait, me perçait, me perforait, raclait le derme, fouillait le ventre, remuait au fond des choses, explorant les abîmes de mon con, tâchant de venir à bout de ma cuirasse, l'extérieur, l'intérieur se rencontrant soudain, lui dessous la peau, lui dessus la couenne, il allait jusqu'au cœur, par l'envers des rideaux tirés de mon squelette, son doigt dans ma bouche, puis encore dans les replis de ma sexualité, mon velours solennel en contact avec l'étoffe du dehors, des tissus mêlés, d'étranges connexions... il se dépêtrait sur mon corps, dépouillait ma charpente, de par tous les recoins... cours d'anatomie, peau singulière, ongles, sueur et sperme, jouissances hachées, le rire de mes plaies éventrées... il s'introduisait par la peau, par mes lèvres et mettait à la fois le sombre et le clair en plein jour, intimité grandiose, ouverture de mes nuits, de mes clairières enfouies, les nerfs sur lesquels je dansais, la douleur gigantesque, le picotement suprême, la folie, l'agacement avant la mise à mort, mon liquide, jouissance sur le pus, sur le sang, d'impatientes obscénités burlesques, il m'écharnait doucement, tous les risques ensemble, tous les plaisirs nacrés... J'explosais comme un rire, j'arrêtais le temps, je *vomissais* ma différence.

Rodolphe disparut pendant plus de deux mois, les vacances d'été l'emmenant dans un coin éloigné de la France. Je m'habillais pour sortir dans la rue, je me promenais, je guettais septembre dans le jardin du Luxembourg. Il faisait doux, c'était juste d'être là à ne rien faire, à regarder les arbres devenir clairs et blancs.

En rentrant d'une de ces promenades diurnes, vers la fin du mois d'août, je trouvai Rodolphe devant ma porte, l'air gai, un sourire aux lèvres. Il me tendit un bouquet de tulipes. Et c'étaient effectivement mes fleurs préférées. Il refusa de rentrer avec moi et me dit simplement merci.

— De quoi? lui répondis-je.

— De ce qu'il est possible de faire autrement.

Il me sourit et s'enfuit en dévalant les escaliers. Personne ne m'avait jamais dit merci.

Je compris, au départ de Rodolphe, que je serais désormais irrémédiablement seule, et cette nouvelle me donna une force toute fraîche et désirable; car, à personne jamais, je ne pourrais transmettre le plaisir vulgaire que je trouvais dans les recoins de ma démangeaison, ni exprimer ce qu'elle était en train de me donner. Maintenant je n'avais plus le choix, j'étais forcée d'être libre.

Alors, après moi j'ai écorché les autres. Il en fut une, sur un boulevard gris, que je suivis pour la grâce de son cou et la pâleur exquise de son teint. Je la rejoignis sur la chaussée, les voitures s'impatientaient derrière le feu tout rouge. Elle traversa, il commençait de faire nuit et sombre. Je la dépassai, regardai son visage qui était admirable. Enfin, je la laissai partir pour la rejoindre quelques instants après, courant, essoufflée, lui griffant soudain la joue, effleurant ses cheveux avant de la quitter rapidement. Elle se couvrit le visage des mains, je recommençai de courir. Je ne me retournai plus et descendis par la première bouche de métro, pour sauter dans un wagon vers la porte de la Chapelle.

Comme c'est beau la chair brûlante qui suinte et le liquide qui gicle. J'en connus de toutes sortes : du sperme sur mes plaies qui baignaient dans le pus, et du sang qui giclait du corps que j'avais saigné. Je me souviens comme c'était juste et bon que d'écorcher l'enfant, c'était juste de lui donner sa chance avec ses chairs, dehors, à lui aussi brûlantes. Il avait soif aussi, il voulait autrement, autre chose, je sais, il l'avait dit, nous avions joué ensemble. Le petit Rodolphe, recroisé un soir d'hiver, que je suivis dans une chambre la nuit. Comme il parlait alors au contraire d'autrefois, comme il disait tout ce qu'il *fallait* faire, et aussi comme il était content de me revoir, parce qu'il voulait me raconter tout cela : combien notre expérience l'avait impressionné, c'est ce mot-là qu'il employait, combien sa faim avait été immense. Il parlait trop, Rodolphe, il intriguait pour rentrer à la télévision. J'ai souhaité, alors, agiter le vertige, soulever quelque incroyable étau, pour susciter une minuscule folie sur Rodolphe misérable, reproduisant soudain l'ordre et la tranquillité. Oui... c'est tout. Le petit canif que je plantai dans ses flancs, l'enveloppe se déchirant, le sang. Il poussa un cri, il ne bougeait pas, me regardait, les yeux terrifiés. Je retrouvais la panique, celle des autres, des *lisses*, je plaquais ma main sur la plaie, pour sentir le liquide chaud, je grattais un peu le rouge, je branlais doucement son membre. Il gémissait, sans pour autant esquisser un mouvement. Il était désormais, l'enveloppe déchirée, ouvert sur un autre infini.

Cela mène très loin, une petite démangeaison. Ce petit grain de sable qui bousille la machine, ma démangeaison, mon petit grain de sable.

J'ai crevé toutes mes peurs...

Ils sont venus me trouver quelques jours plus tard, au bistro, sur la terrasse, en plein soleil, où je buvais une bière très fraîche. Je ne les attendais pas, je ne les redoutais pas non plus. *Ils* ont jugé que je n'avais pas toute ma tête. « C'est le cerveau qui est atteint... » Je n'ai opposé aucune résistance. Je n'ai rien à cacher.

Ils m'ont dit : « Vous n'êtes pas une femme tranquille, nous allons nous occuper de cela. » *Ils* m'ont dit : « Il faut un certain ordre pour que chacun puisse vivre harmonieusement en société. » *Ils* m'ont dit enfin : « L'individu fait partie d'un tout, et nous devons tout sacrifier

111

pour l'ordre, y compris l'individu.» *Ils*
disent, depuis deux mois que je suis ici :
«Souvenez-vous, Irène, de cet acte si vio-
lent que vous avez commis, comprenez-
vous pourquoi vous êtes ici ? Irène ? Il va
falloir changer tout cela, vous devez vous
adapter, Irène, nous nous en chargerons.
Vous verrez comme vous serez heu-
reuse...»

Ils me forcent à m'asseoir des heures
durant, dans une petite salle blanche, où
un homme ridicule vient écouter, à mes
côtés, le silence qui règne dans ces lieux.
Il tente de me faire parler.

Je suis là peut-être pour longtemps...
Je n'en sais rien, on ne parle pas de ces
sortes de choses. J'entends la rumeur de
la ville par-dessus les murs. J'aime cela,
le sentiment de la grosse pieuvre en rut.
Ici, c'est un lent mouvement d'ombres
diaphanes, chahuté par le bruit mat et
précis des serrures. Je continue de refuser leurs médicaments suspects, je continue de me gratter, mais plus les portes se
referment, plus je sens s'affirmer une

délicieuse fraîcheur au fond de mes entrailles, l'infini liquide qui coule lentement jusque vers mon cerveau. J'ai le cœur bien pendu, car ma vie a été une vaste démangeaison, le monde entier a gratté tous mes plis. Il y a sans cesse des orgues de Barbarie dans mon crâne, des musiques incroyables. Après tout, *nous sommes tous innocents dans un monde coupable. La sagesse ne viendra jamais*, elle sent trop fort la mort. Je sais comme ils sont morts à mes côtés, et comme Rodolphe était mort lui aussi. Tout cela n'a pas grande importance. J'ai connu la joie féroce de transgresser ce qu'on nous dit être le mal, et désormais, certes, je n'ai plus de ces petits plaisirs mesquins et calculés, mais je goûte sans artifice particulier l'immense jouissance de me sentir vivante : j'oublie par mégarde de représenter quelque chose aux yeux de quiconque, et voilà que je me suis retrouvée devant la petite porte ouverte sur l'espace, une sorte de désert frais, doux et simple, et c'est simplement que je me suis avancée vers ce temps nouveau. Sans le vouloir particulièrement, au bout de ma folie, sans le désirer comme un choix ou une chose à gagner — cette chose-là n'est ni à gagner ni à vaincre — oui, voilà que j'en suis venue à sortir des lois, comme cela, parce que cela s'est décidé sans doute il y a bien longtemps, tout au début de ma vie, par cette petite distorsion particulière qu'ont été la paralysie puis la démangeaison.

Désormais je ne dirai plus rien de la vérité, elle surgira par boursouflures. J'ai menti déjà ; beaucoup. Je n'ai jamais eu de petite sœur, jamais. Je suis la dernière d'une famille de trois enfants. La dernière oui. Mais qu'est-ce que cela change ? Je suis cette petite fille au psoriasis fou, tapie derrière les vitres de sa chambre, qui attendait de la rue qu'elle lui livre *le* mystère. Je suis aussi celle qui savait que de mystère il n'y en avait aucun. Voilà.

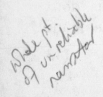

UNE NOUVELLE GÉNÉRATION D'ÉCRIVAINS POUR UNE NOUVELLE GÉNÉRATION DE LECTEURS

NOUVELLE
GENERATION

4906

Composition Interligne B-Liège
Achevé d'imprimer en Europe (France)
par Maury-Eurolivres - 45300 Manchecourt
le 1er décembre 1999.
Dépôt légal : décembre 1999. ISBN : 2-290-04906-9
1er dépôt légal dans la collection : août 1998

Éditions J'ai lu
84, rue de Grenelle, 75007 Paris
Diffusion France et étranger : Flammarion